花のお江戸《えど》の蝶《ちょう》の舞《まい》

岩崎京子・作
佐藤道明・絵

装挿画　佐藤道明

花のお江戸《えど》の蝶《ちょう》の舞《まい》

もくじ

一、お菓子《かし》の「金沢丹後《かなざわたんご》」

上野《うえの》のお山をおりてきて、まず目につくのは広小路《ひろこうじ》に並《なら》ぶ大店《おおだな》でした。そのとっつきが間口十六間（一間約《やく》一・八メートル）の蔵作《くらづく》りの店。地味《じみ》な構《かま》えですが、いつも人だかりがしていました。

お店の名は「金沢丹後《かなざわたんご》」。人気はお菓子《かし》の飾《かざ》り窓《まど》でした。

そこには月々の風物《ふうぶつ》にちなんだお菓子が並びました。今はお正月もので、有平糖《あるへいとう》の松《まつ》と竹をあしらって、大ごま、小ごまが飾《かざ》られていました。

つい先日発行《はっこう》の瓦版《かわらばん》のかこみ記事《きじ》にも出ました。

「お子さまの人気をよび、いつも坊《ぼっ》ちゃん　嬢《じょう》ちゃんが『ほしい　ほしい　たべたいよう』と、駄々《だだ》をこねています」

花とかおもちゃの細工菓子《さいくがし》、あるいはひな菓子のことを、江戸《えど》の人たちは「金沢《かなざわ》」と呼《よ》んでいました。


店をのぞくと帳場《ちょうば》で、土間つづきに調菓場《ちょうかば》がありました。でき上がった お菓子を箱《はこ》に並《なら》べたり、お買い上げの品《しな》を包装《ほうそう》したりする大きな台がありました。

その奥《おく》、のれんが目かくしになっていて見えませんが、餅《もち》をついたり、あんを煮《に》たりするお菓子作りの仕事場《しごとば》でした。

その奥は畳敷《たたみじ》きの座敷《ざしき》で、家族《かぞく》の生活する場所《ばしょ》です。といっても廊下《ろうか》は道具置場《どうぐおきば》になってるし、座敷には小豆《あずき》とか砂糖《さとう》の俵《たわら》が積《つ》んであります。

「すいません。ちいっと置《お》かしていただきやす」

と、せいろとか、あんをこねる大型《おおがた》のしゃもじを持《も》ちこまれることもあります。夜になっても片付《かたづ》けられないと、ふとんも敷《し》けません。

というわけで、子どもたちはちょっと離《はな》れた借家《しゃくや》に追《お》いやられていました。もともとそこは先代《せんだい》の隠居所《いんきょじょ》でした。

忍《しの》ばず池《いけ》から流《なが》れる忍川《しのぶがわ》は、金沢丹後《かなざわたんご》の店の横《よこ》を通り、御徒町《おかちまち》をいきますが、隠居所は三つ目の橋《はし》、三枚橋《さんまいばし》にありました。

子どもたちは、小うるさい、おじいさんの所《ところ》より、せまくっても、ほっとかれても、にぎやかで、いつも目新しい話の聞ける店の方に来てしまうのでした。

「あ、お嬢《じょう》さま、こちらでしたか。飾《かざ》り用《よう》のお菓子《かし》を作ってみました。お吟味《ぎんみ》をお願《ねが》いします」

職人《しょくにん》の一平《いっぺい》が、金沢《かなざわ》の長女のたまきにいいました。

月々の飾り菓子は、輪番《りんばん》で試《ため》し作りをすることになっていました。それを主人《しゅじん》の三右衛門《さんえもん》、おかみさん、長女のたまきが味見《あじみ》をして、合格《ごうかく》すると、それが窓《まど》に並《なら》べられるし、「見本菓子」として、お得意《とくい》さまにも持《も》っていきました。

主人やおかみさんはともかく、この十二才の長女が、中々目や舌《した》が肥《こ》えていて、いつもなんとか難《なん》ぐせをつけるのでした。職人たちの間では、陰《かげ》で「えんま娘《むすめ》のお吟味」といっていました。

「あ、できたの？　そろそろ窓のこまもほこりをかぶってるもんね。どれどれ」

たまきは小型《こがた》の重箱《じゅうばこ》のふたをとりました。

白い練切《ねりき》りの菓子がひとつ、ひっそり入っていました。

「なによ、これ」

「へっ？」

一平はびくっと体をふるわせました。とにかく主人の三右衛門より、おかみさんより、たまきはきついことをいうからです。

「水仙《すいせん》を作りました。お題《だい》は『春のたより』ってえんで……」

「水仙？　おそいよ、一平。上野《うえの》のお寺さんの日当りのいい涯《がけ》っぷち、もう咲《さ》いてるよ。金沢丹後《かなざわたんご》の飾《かざ》り柵《さく》は季節《きせつ》の先ぶれしなくちゃ」

「……」

「それに地味だよ、これ。春のたよりだったらこれね」

たまきは練切《ねりき》りをつまみ上げると、真中辺《まんなかへん》に指《ゆび》を当てきゅっとつぶしました。

「あ、な、なにをなさるんで……」

一平《いっぺい》は悲鳴《ひめい》をあげました。たまきは練切りを平《たい》らにならすと、そえてあったようじですじを入れました。

「蝶々《ちょうちょう》よ。春のたよりったら、これでしょ」

「えっ、あのう……金沢《かなざわ》では蝶は御法度《ごはっと》で」

「なによ、それ」

「へえ」

「どういうことよ。御法度って」

「おらっち使用人《しようにん》はよく判《わか》りませんけど」

「なによ、なによ。かくしてんのね。いいなさい」

たまきはぐいっとつめ寄《よ》りました。

「いいわよ、いいわよ。おとっつあんに聞いてみるから」

「あのう……、それは……、およしになった方がいいんじゃないかと……」

「なにいってんのよ。自分の店のこと、一平《いっぺい》たちが知ってて、あたいが知らないなんて、そんなばかなことないでしょっ」

二、紙の蝶々《ちょうちょう》

土間のへっついには五段重《だんがさ》ねのせいろうがのっており、甘酒《あまざけ》と小豆《あずき》のいりまじったまんじゅうくさい湯気《ゆげ》があがっていました。

薩摩《さつま》さま（鹿児島藩《かごしまはん》　島津家《しまづけ》）のどなたかの葬儀《そうぎ》というので、店はゆうべから、引出《ひきで》もののまんじゅうにかかりきりでした。

大体お葬式《そうしき》なんて、いつも突然《とつぜん》です。主人《しゅじん》の三右衛門《さんえもん》も土間におりてきて、かまどの火加減《かげん》、せいろうのまんじゅうのふくらみ具合《ぐあい》など、絶《た》えず気をつけていました。

「一平《いっぺい》」

「へっ」

まんじゅうの皮《かわ》を練《ね》っていた一平が顔を上げると、せいろうの湯気《ゆげ》の中に三右衛門《さんえもん》が立っていて、炎《ほのお》の中の不動《ふどう》さまのように見えました。

「どうした、一平」

「な、なんでもねえっす」

「なんでもねえこたあ、ねえだろ。手がとまってんぞ」

仕事場《しごとば》のみんなも、ちょっとしんとなりました。昨日《きのう》、練切《ねりき》りの水仙《すいせん》をたまきに握《にぎ》りつぶされたことは知《し》れ渡《わた》っていました。

「一平、きんのはきんの。今日《きょう》はもうはじまってら。きんのうのこたあ忘《わす》れろ」

せいろうがぷうっとまんじゅうくさい湯気をふき出しました。

「やれやれ、どうやら間に合ったな」

三右衛門は肩《かた》をこぶしでたたきながら、ぐーんと伸《の》びをしました。そして一休みするつもりか、たすきをはずして、奥《おく》へ行きました。

すると障子《しょうじ》がしまっているではありませんか。

「なんだ、なんだ。この温気《うんき》に、風の通りが悪《わる》くならあ。障子は明けとけ」

中でさわさわ……、気配《けはい》がしました。

「誰《だれ》かいるのか?」

三右衛門は障子を明けて目をむきました。

なんと座敷《ざしき》には白い蝶《ちょう》がひらひら舞《ま》っているのでした。そしてたまき

と、次女《じじょ》のかなえが座《すわ》って蝶《ちょう》の舞《ま》いに見とれていました。

「おいおい、なんてことをするんだ。店に虫けらを入れんな。蝶は店の御法度《ごはっと》だ」

あ、一平《いっぺい》のいった通りだわ。おとっつあんは蝶は御法度っていった……。

「なんで蝶々《ちょうちょう》が御法度なの？　ねえ、なぜ」

「うん、それは、そのう……、なんだ。ここは人さまの口に入る菓子《かし》を作る店だ。汚《きた》ない虫を呼《よ》びこむなんて、もってのほかだ」

「どうして？　どうして？　蠅《はえ》なら汚ないってはわかるけどさ。蝶はどうして？」

「蝶も同じだ。蝶や蛾《が》なんてのは鱗粉《りんぷん》をまき散《ち》らす。そいつがあんこや砂糖蜜《さとうみつ》の中に落《お》ちてみろ。即営業停止《そくえいぎょうていし》だ。それに……」

「それにって？　ね、それになんなのよう」

「なんでもねえ。とにかく虫なんか一切《いっさい》店に近づけんな。蝶《ちょう》なんかなおさらだ」

「あーら、おとっつあん。これ、紙の蝶よ。薄紙《うすがみ》をちぎって、こうやってちょいとひねると、蝶々《ちょうちょう》になるでしょ。それを扇子《せんす》であおいで、ひらひら飛《と》ばすの。広小路《ひろこうじ》で大道芸人《だいどうげいにん》がやってたの」

たまきが扇子を動《うご》かすと、紙の蝶はひらひら舞《ま》い上《あ》がりました。

「あたいはまだ一ぴきくらいしか飛ばせないけど、芸人は二ひき一度《ど》に舞わせてるのよ。二ひきはくっついたり、離《はな》れたり、扇子のふちに止まって休んだりするの。ね、ほらっ、いくわよ」

紙の蝶は三《さん》右《え》衛門《もん》の鼻《はな》の先をひらひら上がったり、下がったりしました。

「うるせえってえの。止《よ》せ、止せったら。くしゅん」

たまきが扇子を止めると、蝶も力をなくして、ふわふわふわあっと、畳《たたみ》に落《お》ちてきました。

「紙だろうとなんだろうと、店に虫がいるのが知れたら、たべもの商売《しょうばい》はおしまいだ。いいか。まぎらわしいことはするな。それに……」

おとっつあんは口ごもりました。

「それに？　それになによ。おとっつあん」

「なんでもねえ」

「あーら、なんでもないことないでしょ。おとっつあん。今、ひたいに青すじ立てたわ。ねえ、なによ」

「蝶はえんぎが悪《わる》い」

「あーら、どうしてよ。どうして蝶々がえんぎ悪いの？　どういうことよ？」

「うるさいっ、しつこいぞ、たまき」

「いいわよ、いいわよ、三枚橋《さんまいばし》のおじいちゃんに聞いてみるから」

たまきはふだん、おじいさんをけむたく思っていましたが、こうなるとしょうがありません。


「そうか、おとっつあんにおこられたか」

「だって、かくすんだもん。余計《よけい》気になってしょうがない」

「そうか。あいつめ、蝶《ちょう》を御法度《ごはっと》にしたな」

「蝶が何かやったの？」

「おらのじっちゃんだがよ。六代目《ろくだいめ》の三右衛門《さんえもん》だ。お得意《とくい》さまにうかがうって出たまんまもどんなかった。夜になっても、つぎの日んなっても帰ってきなさらねえ。ところがさ、まるで見当違《ちが》いの郊外《こうがい》の雑木林《ぞうきばやし》で倒《たお》れてたそうだ。懐《ふところ》ろの財布《さいふ》がねらわれたんじゃねえかってことだ」

「へえ」

「林ん中にいやに蝶が群《む》れてて、村の衆《しゅう》がへえってみるとよ。蝶が渦《うず》になって舞《ま》い上《あ》がったとよ。蝶ってやつは、そんな性格《せいかく》持《も》ってんのよ」

「そんな性格って?」

「死体《したい》を好《この》む。むかしっから蝶ってね、死んだ人の魂《たましい》とか、地獄《じごく》の使《つか》いっていわれてる。しょうがねえわな。蝶が死体が好《す》きってんだからよ。そこんとこが嫌《きら》われるんだな」

「ええっ、違うんじゃないの?」

「なにがだ」

「蝶が死体につきまとうんじゃなくて。死んだ人の魂を見守《みまも》ってるんでしょ。亡《な》くなった人の魂《たましい》を守《まも》って、あの世《よ》までつきそってくれてんじゃないの？」

「へえ、そうかね」

「あたい、お師匠《ししょ》さんに聞いたわ」

「踊《おど》りのか？」

「違《ちが》う。よみ書きそろばんのお師匠さん」

「人の魂につきそって、おくり届《とど》けるのが、蝶《ちょう》の役目《やくめ》なんだって」

三、江戸《えど》の教育《きょういく》おっかさん

おとっつあんがいくらがみがみいおうと、たまきはいっこうこたえません。根《ね》は娘《むすめ》に甘《あま》いっていうのを見ぬいていました。うるさくてしつこくて、閉口《へいこう》するのは、むしろおっかさんの方でした。

「たまきぃ」

ほら、来た。

「ちょいとここにお座《すわ》り。おまえ、一平《いっぺい》を泣《な》かしたって？　あんまり店の子泣かすんじゃないよ。居《い》つかなかったら、御近所《ごきんじょ》に何いわれるか。おまえ、一平の練切《ねりき》り握《にぎ》りつぶしたっていうじゃないか」

「そんなむかしのこと」

「あれっ、むかしじゃないよ。おとついだろ」

「一平ったら半端《はんぱ》なもんこさえっから注意《ちゅうい》しただけだよ」

「泣くまでいうことないだろ」

「泣かさないってば。なによ、一平ったらかげでこそこそ涙《なみだ》なんかうかべて、同情《どうじょう》ひいたんだ。ふん、男のくせに根性《こんじょう》なしっ」

みやは溜息《ためいき》をつきました。そして、ちょっと気分をかえて、いいました。

「たまき、ねえ、おまえ、なんかおけいこごとでもはじめたらどうなんだい？　たいくつしないですむんじゃないか」

またはじまった。ひとの顔見ると、おけいこ、おけいこ。

じつはその頃《ころ》、江戸《えど》では娘《むすめ》に芸事《げいごと》を習《なら》わせるのがはやっていました。

「ま、ちょいとお座り。摩利支天横丁《まりしてんよこちょう》のせんべい屋《や》のおせきちゃんさ。朝御飯《あさごはん》の前に三味線《しゃみせん》さらって、昼前に長唄《ながうた》に行って、それから寺子屋で読み書きのおさらい。帰るとお琴《こと》だって」

「へーえ、じゃ、いつ遊《あそ》ぶんだよ」

「たまきっ、娘《むすめ》が十いくつになって遊ぶなんてとんでもない。そうだね、とりあえずお琴でもやってみたらどうだい」

ほら、はじまった。つぎは三味線だろ。長唄は？　端唄《はうた》は？　おっかさんはそれっきゃ知らないんだから。たまきは髪《かみ》の毛《け》をいじくったり、畳《たたみ》の目をかぞえたり。つまりいい加減《かげん》に聞いていました。

そして、何日かたつと、また、

「たまきちゃんや」

今度《こんど》は猫《ねこ》なで声でした。

「おまえ、お針《はり》をやんないかい」

「えっ、よりによって、なんだってそんなもん持《も》ってくんのよう」

お針とは裁縫《さいほう》のことです。

「娘ってのはね、一日に浴衣《ゆかた》一枚《まい》仕上《しあ》げて一人前だとさ。袷《あわせ》なら三日かね。そうやって縫《ぬ》ってけば、着物《きもの》がたまっていくじゃないか」

「ふん、そんなの仕立屋《したてや》に頼《たの》みゃいいじゃないか。あたいが針子のまねすることないよ」

「人さまに頼むんだって、裁《た》ち方、縫い方の手順《てじゅん》を心得《こころえ》ておかなきゃね」

たまきは思いっきり顔をしかめてみせました。でもそんなことで、おっ

かさんがあきらめるもんですか。何日かたつと、また、

「ねえ、たまき」

ほら来た。今度《こんど》は何よ。きっと誰《だれ》かに、

「お宅《たく》ではおけいこごとをおさせにならないんで？」とかなんかいわれたのかも。

ところが、今度はちょっと方向《ほうこう》が違《ちが》いました。

「どうだい。御殿奉公《ごてんぼうこう》ってのは？」

まったくどこからそんな話探《さが》してくるんだか。

「いいかい。金沢丹後《かなざわたんご》は大奥《おおおく》にもお菓子《かし》をお納《おさ》めしてるんだから、伝手《つて》はいくらでもあるんだよ」

「おっかさん。おっかさんだって御殿にあがったことなんてないだろ。知らないくせに気易《きやす》くしとに進《すす》めないでくんない。芸事《げいごと》と違うんだよ。

ふき掃除《そうじ》、はき掃除、茶わん洗《あら》いだよ」

「そんくらい、はじめはやるさ」

「朝早く起《お》こされてさ。雨戸五十枚《まい》がらがら明けるんだよ。夜またしめる。いい加減《かげん》にしめてって、戸袋《とぶくろ》にぴったり納《おさ》まんないと、全部《ぜんぶ》かき出して、しめ直すんだって」

「それは御殿《ごてん》のお女中《じょちゅう》じゃないよ。お端下《はした》って、またべつだよ」

「また違《ちが》う苦労《くろう》はあるよ。しなくてもいい苦労がさ。娘《むすめ》をそんな所《ところ》にやるつもり？　おっかさんは」

「かわいい子には旅《たび》をさせろってね。みっちり仕込《しこ》んでもらうしかないよ。おまえは」

「ふん、自分じゃ手に負《お》えないんで、お屋敷《やしき》に頼《たの》むってわけね」

「まったく口がへらないったら。御殿にあがりゃおまえに箔《はく》がつくんだよ」

じつはたまき自身《じしん》だって、何かやらなきゃと思っているのでした。そうすればおっかさんから、口うるさく、おけいこごと、何かやったらなどと、いわれなくてすみます。

それにもしかすると、いらいらしてるもんで、一平《いっぺい》のつくり菓子《がし》をつぶしたりしたのかもしんない。何かやってれば、この根性《こんじょう》もまっつぐになり、「えんま娘《むすめ》」なんていわれなくてすむかも……。

ちゃんと、たまきにはわかっているのでしたが……。

四、ところで、一平は?

ところで一平の方はどうしていたでしょうか。じつは主人《しゅじん》の三右衛門《さんえもん》から、思いがけないことをいわれていました。

「日本橋《にほんばし》の店の職人《しょくにん》が長崎《ながさき》の修行《しゅぎょう》から帰ってきたそうだ。どうだ、一平。おめえしばらくそっちに行って、南蛮《なんばん》菓子を習《なら》ってこねえか」

日本橋の店というのは、金沢丹後《かなざわたんご》の本店です。そこの職人が長崎に修行に行っていたことは、一平《いっぺい》も聞いて、知っていました。

「おめえの練切《ねりき》りをよ。うちのおちゃっぴいがこねくりまわしたってえけんどよ。わしはおめえは見込《みこ》みがあると思ってる。あいつはぱっと見《み》栄《ば》えのいいのしかみとめねえけどよ。わかってねえんだ。あの水仙《すいせん》の練切りは悪《わる》かねえ。出しゃばんねえで控《ひか》え目《め》ってとこはお茶席《ちゃせき》の菓子《かし》に向《む》いてる」

「……」

「店の飾《かざ》り窓《まど》に置《お》くとしたら、並《なら》べ方《かた》があらあね。細い流《なが》れに沿《そ》って置く。一本並べじゃ弱い。七とか五の幅《はば》で行く。夜空の天の川てえ風情《ふぜい》でどうだ」

「へえ」

「おちゃっぴいにはようくいっとくけんどよ。おめえもいちいちめそめそすんな。『うち、けえりてえ』とかなんとかいったのを、聞いちまったもんがあるらしいな」

「……」

「ま、しばらく外に行ってろ。おめえの腕《うで》に南蛮《なんばん》がついてみろ。広小路《ひろこうじ》の店にもいい風が吹《ふ》かねえもんでもねえ。おめえの練切りに南蛮がどうまじるか、こいつは面白《おもしれ》えぞ」

その頃《ころ》、日本のお菓子にちょっとした変化《へんか》がありました。

それまで、お菓子といえば、まずようかん、まんじゅうに餅《もち》菓子です。餅をうすく切ってあぶったのがせんべい。こまかく賽《さい》の目《め》に切って、煎《い》ったのがあられ。それをあめで固《かた》めたのがおこしです。それから木型《きがた》でぬいた麦粉《むぎこ》菓子、落雁《らくがん》といいましたが、これも人気がありました。寒《かん》天《てん》など新しい材料《ざいりょう》も加《くわ》わってお菓子《かし》の種類《しゅるい》もぐんとふえました。

そこへ南蛮《なんばん》が入ってきました。

南蛮というのは東南アジアのことです。ポルトガルやスペインの人たちは東南アジアに拠点《きょてん》を据《す》えて、そこから日本にやってきました。だから本当いうと西洋《せいよう》菓子というべきなんですが――。

南蛮菓子といわれる中で、なんといっても一番人気はカステラでした。最初《さいしょ》に長崎《ながさき》のお菓子屋《かしや》がポルトガル人に教わりました。それが割合早《わりあい》く、京都《きょうと》に伝《つた》わり、江戸《えど》にも持《も》ちこまれました。もっとも日本人好《ごの》みになるには、やはり工夫《くふう》がこらされ、時間もかかったようですが。

日本人をびっくりさせたのは、ふんわりほわほわの舌《した》ざわり、そして砂糖《さとう》の甘《あま》さでした。

それまでだって、砂糖はありましたが、高価《こうか》だったし、薬《くすり》のような扱《あつか》いでした。南蛮菓子はその砂糖をふんだんに使《つか》いました。

一平《いっぺい》は日本橋《にほんばし》の店に住《す》みこみで働《はたら》くことになりました。長崎に行った職人《しょくにん》というのは、千代吉《ちよきち》という二十五才のまじめそうな、無口《むくち》の人でした。

「おっかねえかもしんねえ」

と、一平は緊張《きんちょう》しました。

千代吉が長崎で習《なら》ってきたのは、やはりカステラでした。その時の千代吉の記録《きろく》が残《のこ》っています。

精白糖《せいはくとう》　百匁《もんめ》

卵《たまご》　八こ

麦粉《むぎこ》　五合

水あめ
それをまぜ合わせ、布袋《ぬのぶくろ》でこし、一晩《ひとばん》ねかせます。この一晩置《お》くのがしっとりさせる秘訣《ひけつ》でした。

木の枠《わく》に紙をしいて、まずざらめをぱらぱらと置き、そこに流《なが》しこんで、ひき釜《がま》に入れます。ひき釜はカステラ鍋《なべ》ともいっていましたが、今でいうオーブンで、ふたの上に炭《すみ》を置いて、上と下から蒸《む》し焼《や》きにしました。

焼き具合《ぐあい》を見るには、竹串《たけぐし》でさし、ねばりがつかなければ完成《かんせい》です。

「日本の菓子《かし》作《づく》りとの違《ちが》いは練《ね》り方《かた》だ」

千代吉《ちよきち》はいいました。日本の場合《ばあい》、錬って錬って、こねてこねて、のしてはたたみ、またのして……。

「ほら、そばやうどんを打《う》つ時と同じさ。つまり中の空気を徹底的《てっていてき》にぬ

く。ところが西洋《せいよう》ではさっくりかきまわし、空気をとりこむようにするんだ」

口に入れるとふんわり、ほわほわ。この食感《しょっかん》にはみんな魅了《みりょう》されました。

もうひとつありました。釜《かま》から出てきたのを、そっと上の紙をはがすと、中は山吹色《やまぶきいろ》。まるで千両箱《せんりょうばこ》でした。

「こいつは小口切《こぐちぎ》りにするのはつまらない。どうだ。ぎゅっと手でつかみ取《と》るてえのは。黄金のつかみ取りだ」

えんぎかつぎの日本橋《にほんばし》の店の主人《しゅじん》は、カステラをむんずとわしづかみにして、口に入れました。

これはこの店だけのことですが、正月とか節句《せっく》、あるいは何かの祝《いわ》いごとには、必《かなら》ずこの「黄金のつかみ取り」がありました。

五、踊《おど》りのけいこ

ある日、池之端《いけのはた》の守田《もりた》という薬屋《くすりや》のおかみさんが、金沢《かなざわ》の店にやってきました。万能薬《ばんのうやく》「宝丹《ほうたん》」で売り出した店です。

みやとは下谷《したや》の商家《しょうか》のおかみさんどうし、気が合い、行ったり来たりしていました。

守田のおかみさんは、今評判《ひょうばん》の玉紅椿餅《たまべにつばきもち》を包《つつ》ませると、ついてきた

女中《じょちゅう》に持《も》たせて帰らせ、

「おかみさん、いらっしゃる？」

と、奥《おく》をのぞきました。おしゃべりするにもこれだけの手順《てじゅん》を踏《ふ》むわけで、気を使《つか》っているのです。

「へえ、おりますでございます。どうぞ奥へ。ごゆっくり」

番頭が愛想《あいそ》よくいいました。

「ま、そうもしていられないけど。じゃあ」

とかっこうつけてあがりこむと、いつものにぎやかなおしゃべりがはじまりました。

「じつは、お宅《たく》のかなえちゃんなんだけどさ。うちのおよしと同じ六才だったわよね。どう、踊《おど》りのけいこは？　芸事《げいごと》って六才の六月に始《はじ》めるっていうじゃないさ。なにも六月まで待《ま》たなくたって、いつ弟子入《でしい》りしてもいいのよ。うちのおよしも習《なら》わせようと思ってね。ひとりじゃなんだし。かなえちゃんと一緒《いっしょ》はどうかと思ってね、おさそいするわけ」

みやとしたら、姉のたまきの方に何やかや気を使っていて、とてもかなえまでまわらないところでしたが。

「どこの先生？」

「うちの近くよ。知らない？　水木流《みずきりゅう》のお師匠《ししょ》さん。下谷《したや》の芸者衆《げいしゃしゅう》がさらいにきてるわ。ちょいと伝法《でんぽう》だけど、江戸前《えどまえ》のきっぷでびしばしやってるの」

そこにお茶を持《も》ってきたたまきもさそいこまれました。

「あんたもどう？　あんた姿《すがた》がいいから踊らしたらきまりそう。ああ、たまきちゃん、いくつだったっけ。十二？　そりゃすぐ始めた方がいいわ。一緒にどう？」

「そうねえ」

踊《おど》りか。いいかもしんない。おまけに守田《もりた》のおかみさんはたまきがぐっとのり出すようなことをいうのでした。

「お祭《まつ》りの時、山車《だし》の上で踊らせてもらえるのよ。それにさ、ほら、大《おお》店《だな》の寮《りょう》（すまい）で屋敷稲荷《やしきいなり》をまつってるとこがあるじゃない。初午《はつうま》の余興《よきょう》に踊りを頼《たの》まれることもあるんですってよ。人前で踊ると度胸《どきょう》がつくっていうじゃない。腕《うで》も上がるしさ。それも評判《ひょうばん》になってるのよ」

「あら、たまき、やってみたら？　あんたが行ってくれると、かなえの付《つ》き添《そ》いに誰《だれ》か頼むこともいらないしさ」

というわけで、たまきも入門することになりました。うん、これであたいの運《うん》がひらけっかも……。

水木流《みずきりゅう》のおけいこ場は池之端七軒町《いけのはたしちけんちょう》。忍《しの》ばずの池《いけ》をまわった所《ところ》にありました。
「じゃ、まずかなえちゃんとおよしさん。新入りだから、ふたりだけ別《べつ》におけいこね」

うさぎ　うさぎ
なに見て　はねる
十五夜お月さん
見て　はねる

お師匠《ししょ》さんはまず踊ってみせ、
「はい、まねして」

といいました。ふたりとももじもじ。足も出ません。

「じゃ、まず、およしちゃん、あんたからね。はい、私《わたし》の右足の上に、あんたの右足のせて。左の足はこっちよ。右の足から出ますよ。うさぎ。つぎは左足よ、うさぎ」

赤ちゃんの「あんよはお上手」みたいにあやされながら、「何見てはねる」も、ぴょんぴょんやりました。

「十五夜お月さんは、手をまんまるくね。くびをかしげて、そうそう、かわいい、かわいい、よくできました。じゃ、今度《こんど》はかなえちゃん」

ねずみ　ねずみ
なに見て　かじる
あられに　ひしもち

見て　かじる

たまきのけいこはじめは、長唄《ながうた》の「松《まつ》の緑《みどり》」でした。内弟子《うちでし》がつきっきりで、手取《と》り、足取りでした。

今年《ことし》より　千たび迎《むか》える
春ごとに
なおも　深《ふか》めに
松のみどりが

姉弟子《あねでし》が、
「じゃ今度《こんど》は私《わたし》のまねをして」

といいました。

まねして手足を動《うご》かすだけなのに、これがうまくできません。小さいかなえやおよしだったら、それも愛嬌《あいきょう》ですが、ふてくされて、つっ立ったまんまのたまきに、姉弟子はあきれて笑《わら》いだしました。

「あんた、ぶきようねえ」

むっとしますが、たまきもいい返《かえ》す元気もないくらい、踊《おど》りは面倒《めんどう》でした。

あーあ、これも性《しょう》に合わないのかもと、早くもいや気がさしていました。

六、ふたつ蝶々《ちょうちょう》

「ああ、いやんなっちゃう」

たまきが機嫌《きげん》が悪《わる》いのは、何も今日《きょう》に限《かぎ》ったことではありませんが、今日は特別《とくべつ》。

それは踊《おど》りのけいこ日だからでした。いかないですむ算段《さんだん》をあれこれ考えるんですが、ちっとも思いつきません。

「あーあ、あたい、いつだって出だしはいいんだけどね。初午《はつうま》には舞台《ぶたい》にあがれる。お祭《まつ》りは山車《だし》の上！　ああ、どうしよう」

それなのに、かんじんの踊りときたらどうも。こんなはずじゃなかったと、落《お》ちこんでいました。

一ヶ月以上《いじょう》たつというのに、「松《まつ》の緑《みどり》」だってあげていません。

その朝、かなえはけいこ場に入っていきました。

「お師匠《しょ》さん、おはようございます」

「あらっ、おねえちゃんは？」

「あれっ、一緒《いっしょ》に来たのにぃ」

かなえはきょろきょろ見まわしました。

「あ、やっぱり」

逃《に》げたのねと、お師匠《ししょう》さんはふふっと笑《わら》いました。

かなえだって、踊《おど》りが好《す》きかどうか、本人にはわかりません。ただ、ただお師匠さんのいう通りにしているだけでした。

「ま、おねえちゃんのことはほっといて、かなえちゃん、あんたはすじがいいですよ。しっかり踊ってね」

「は、はい」

「じゃ、おけいこね。右足を出して。ツツテンテン。ほら、ひっこめて。ツンテン。右手をひたいに、ちょっと首をかしげて。そうそう。よくできました」

命令《めいれい》のままで、どこがよくできたのかもわかりません。

それがこの頃《ごろ》、およしと張《は》り合《あ》うということを覚《おぼ》えました。お師匠さんがおだてるばかりでなく、相手《あいて》をほめて、負《ま》けん気《き》を起《お》こさせようとしたからです。

「かなえちゃん、そこんところもう一度《ど》ね。ツツテン、ツツテン。ほら、ほら、ほら。いつもそこで手を間違《まちが》えるけど、どうして？　守田《もりた》のおよしちゃんはすらっといくのにね。はい、もう一度」

とあおりました。そしておよしの方には、

「あら、どうしたの。そこかなえちゃんはすいすいいくわよ」

そこでついつい、ふたりは張り合ってしまうことになるのでした。かなえはおけいこを一度も休みません。休むとおよしに負けるから。


ある日お師匠さんがかなえとおよしにいいました。

「今度おさらい会があります。その時ふたりに踊ってもらいます。このつぎお母さんに来てもらってちょうだい。衣裳《いしょう》とか持《も》ちものの用意《ようい》があ

ります から」

たまきは何の役《やく》ももらえません。「松《まつ》の緑《みどり》」も中途半端《ちゅうとはんぱ》でした。

「たまきさん、どうしても出たきゃ、今から猛訓練《もうくんれん》しますけどね」

「……」

「どうしますか?」

「『松の緑』はいやです。なんかほかの」

「間に合いません。じゃ、こんつぎにしましょ」

お師匠《っしょ》さんはおっかさん二人にいいました。

「『ふたつ蝶々《ちょうちょう》』といっても、歌舞伎《かぶき》の『双蝶々曲輪日記《ふたつちょうちょうくるわのにっき》』の方じゃありません。あっちはちょうといっても長の字の方。その長のつくすもうとりの話です。すもうとりじゃねえ。光のどかな春の野を優雅《ゆうが》に舞《ま》うと

いうわけにはいきませんからね。こっちは『舞台花二人絵姿《こいのはなふたりえすがた》』の方です。その芝居《しばい》の一幕《ひとまく》よ。助国《すけくに》という若《わか》いおさむらい、若殿《わかとの》さまの家来です。これはおよしちゃんにやってもらいます。それからお姫《ひめ》さまの侍女《じじょ》の小槙《こまき》、これをかなえちゃん。お家騒動《いえそうどう》にまきこまれて、身代《みがわ》りになるの。ふたりは蝶々《ちょうちょう》に変身《へんしん》して、春の野に出て舞《ま》うのよ。春をことほぐおめでたい舞《まい》です」

そしてお師匠《ししょ》さんは、そこのところをツンチ、チ、テンと口三味線《くちじゃみせん》で歌いました。

「めでたやな　めでたやな
雄蝶《おちょう》　雌蝶《めちょう》が　うかれ出て
ちら　ちら　ちらり
ひら　ひら　ひらり」

「まあ、かなえに大役《たいやく》を」

みやはすっかり上気してしまいました。

「じつは衣裳《いしょう》も届《とど》いてるのよ。見てちょうだい。ふたりともはじめは地味な小袖《こそで》だけど、蝶に変身する時、ひきぬきよ。雄蝶は納戸色《なんどいろ》、雌蝶は朱色《しゅいろ》よ」

ひきぬきというは、芝居の衣裳替《いしょうが》えのやり方です。いちいちひっこんで着替《きが》えするのでなく、舞台《ぶたい》に立ったまま、糸をひきぬいて袖をはずし、衿《えり》をとり、身頃《みごろ》もぱらり。すると下にちゃんと、つぎの衣裳になっているという早替《はやがわ》りでした。

「そんなの、あの子たちにできるんですか」

「それは係《かか》りがいます。ふたりはつっ立ってれば、やってくれますから」

お師匠さんは、衣裳を畳紙《たとう》から出すと、衣桁《いこう》にかけました。なんともあざやかな色で、ぬいとりの蝶《ちょう》のきらびやかなこと。

「え、これをうちのおよしが着《き》るの？」

守田《もりた》のおかみさんはなみだの目でいいました。

「まあ、そんな大役《たいやく》を」

ふたりとも本人より舞《ま》い上《あ》がってしまいました。

七、蝶《ちょう》のたたり？

ところがです。

金沢《かなざわ》のおかみ、みやは帰って、三右衛門《さんえもん》にうきうき事《こと》の次第《しだい》をつたえました。

「うちのかなえが大役よ。大したもんだわ」

「なに、蝶の役だと？　いかん、いかん。ことわれ、ことわれ。金沢丹《かなざわたん》後《ご》の娘《むすめ》が御法度《ごはっと》の蝶《ちょう》を踊《おど》るなんて、とんでもねえこった。御先祖《ごせんぞ》さまに申《もう》しわけが立たん。ことわってもらいましょう」

みやは唇《くちびる》をとがらしました。

しばらくうつむいていましたが、きっと顔を上げると、三右衛門《さんえもん》をにらみ据《す》えていいました。

「そりゃないわよ、あんたっ。ええ、金沢丹後《かなざわたんご》の店が蝶を御法度にしてるってえのは聞いてますよ。でも、かなえの踊りにはかかわりはないんじゃないですか」

「冗談《じょうだん》じゃねえ。蝶は困《こま》る」

「あのねえ、この踊りは守田宝丹《もりたほうたん》さんとこのおよしちゃんと対《つい》で出るんですよ。うち一軒《けん》の問題《もんだい》じゃありません」

「ま、ことわってもらいやしょう」

「……」

みやは特別注文《とくべつちゅうもん》であつらえたというきらびやかな舞台衣裳《ぶたいいしょう》を思い出しました。今、ことわるなんて、お師匠《ししょう》さんの立場《たちば》もあるかも。

「ことわれませんっ」

「ま、ことわってもらいましょう」

「ちょいとおまえさん。かなえの晴姿《はれすがた》見たくないんですか」

みやは悲鳴《ひめい》に近い声で、一膝《ひとひざ》のり出しました。

「ここで降《お》りるわけにはいきません」

「蝶《ちょう》はいかん。げんが悪《わる》い」

三右衛門《さんえもん》もいじを張《は》り、どうも折り合《おあ》いはつきそうもありません。

なんとか策戦《さくせん》を考えてと思っても、きゅうには思いつきません。

「あーあ、せっかく歌舞伎《かぶき》のいい幕《まく》を踊《おど》れるっていうのに……」

あ、そうか。その芝居《しばい》のすじを話したら、うちのしともわかってくれるかもしんない。

たしかあの時お師匠さんに、芝居のすじを聞いたように思ったけど……。あの時はかなえがいい役《やく》をもらったっていうんで、ぼうっとなっていたらしく、ちっとも思い出しません。

そこで町内の芝居好《ず》きの甘味《かんみ》の店小倉庵《おぐらあん》の主人《しゅじん》を思い出しました。「舞台花二人絵姿《こいのはなふたりえすがた》」のすじを教わり、それを三右衛門に伝《つた》えたら納得《なっとく》してくれるかも。

ところが小倉庵に聞いた芝居のすじは、三右衛門が納得するとは思えないものでした。

若《わか》い二人はお家騒動《いえそうどう》にまきこまれ、若殿《わかとの》と姫君《ひめぎみ》の身代《みがわ》りになるのです。

つまり蝶々《ちょうちょう》の踊りは死《し》の旅《たび》で、行きつく所《ところ》は地獄《じごく》の業火《ごうか》というあわれな結末《けつまつ》でした。

「これじゃあ、あのしとますますいこじになるにきまってる。やっぱり蝶《ちょう》って、げんが悪《わる》いのかしら」

みやはたまきにこぼしました。ぐちをいう相手《あいて》はたまきしかいません。

「今からお師匠《っしょ》さんにことわるなんてできないわ。ね、どうしたらいいと思う？」

「かなえちゃんはなんていってんの？」

「はしゃいでるわよ」

「それ止《や》めさせちゃかわいそうでしょ。がっかりして気うつになるんじゃないの。そしたらおとっつあん、それ見たことか、蝶のたたりだっていうにきまってる」

「なんとかなんないもんかねえ」

「おとっつあんには、本人にいわせたら。踊《おど》りたいって。あたいが蝶のげん直しするからって」

「そんなせりふ、かなえにいえないわよ」

「教えこむのよ」

「ああ、江戸《えど》のどっかに、おまじないしてくれる祈祷所《きとうしょ》なんかないもんかねえ」

「聞いたことない」

「ま、それはそれとして。たまき、あんたはどうすんのよ。おさらい会に何か踊るの？　お師匠さんになんかいわれなかった？」

「いわれない」

「どうすんのよ」

「あたいは出ない」

「なんだって？」

「あたい、踊《おど》りは向《む》いてない」

「え、なんだって。『松《まつ》の緑《みどり》』をやってたじゃない」

「あれ、いやだってお師匠《ししょう》さんにいったの。ほかのにしてくださいって。それじゃ間に合わないんだって。あんたはこんつぎねって」

そういえば、お師匠さんにみやはいわれたことがありました。

「たまきちゃん、どうも踊りが好《す》きじゃないんじゃないですか。踊ってる間も、なんかほかのことに気をとられてるみたいですよ」

ああ、あんたまで。一体どうするつもりよ。

なんでこう娘《むすめ》たちに苦労《くろう》させられるのかしら。

八、げん直しの蝶《ちょう》

ある日、たまきは突然《とつぜん》かけこんでくると、みやの肩《かた》に抱《だ》きつくようにしていいました。

「ね、かなえちゃんの踊りの配《くば》り菓子《がし》さ、出すんでしょ。あたいに作らせて」

「え、あんた、何をいい出すのよ」

「あたいさ、お菓子《かし》作ってみたかったんだ。お菓子職人《しょくにん》になりたい」

「なんだって?」

みやはあきれて、娘《むすめ》の顔を見つめました。

たまきは上気して、目はきらきら輝《かがや》いていました。

「あんた、女の子よ」

「だから、女の職人」

「そんなの、聞いたことない」

大体その頃《ころ》、職人は、なんでもそうでしたが、男の仕事《しごと》でした。金沢《かなざわ》も女の人は調菓場《ちょうかば》に入ってはいけないことになっていました。それはこばかりではありません。どこでもそうでした。

「あたいさ、金沢の娘だよ。お菓子にかこまれてるんだよ。あたい、お菓子作るために生まれてきたんだよ。きっと。なぜ今まで気がつかなかったんだろ」

多分おっかさんが、やれおけいこだ、御殿女中《ごてんじょちゅう》だ、針仕事《はりしごと》だとかせっつくから、そっちに気をとられていたんだ。もう、ごまかされないもんね。

「ね、ね、おっかさん、ためしにさ、『ふたつ蝶々《ちょうちょう》』の配《くば》り菓子《がし》、作らせてよ」

「なにいい出すんだか。おとっつあん、いやがるんじゃないの？」

「うん、いやがった」

「いやがったって、おまえ、おとっつあんにいったの？」

「うん、いやな顔した」

「たまきったら」

「ねえ、おっかさんから頼《たの》んでよ。『ふたつ蝶々』だからさ。蝶のお菓子作りたい。ね、頼んでよ」

「だめ、だめっ、だめよっ。かなえの踊《おど》りだって許《ゆる》しちゃくれないのよ。その上にまたあんたのことでやり合うの？　こっちの苦労《くろう》も考えておくれ」

いいわよ、いいわよ。おっかさんなんて、ちっとも頼《たよ》りになんないいんだから。あたいひとりでやる。こうなったら、実物《じつぶつ》作って、おとっつあんを認《みと》めさせるしかありません。

『ふたつ蝶々《ちょうちょう》』っていうくらいだから、蝶は二ひきね。蝶の模様《もよう》を入れて元禄袖《げんろくそで》のたもとのお菓子《かし》ってどうかしら。紅梅焼《こうばいやき》の焼菓子の台にして。ふん、駄菓子《だがし》みたいで、ちょっと軽《かる》いか。蝶の茶菓子、打《う》ち菓子《がし》、（木《き》型《がた》）有平糖《あるへいとう》なら白い蝶も色彩的《しきさいてき》にいいかも。

じゃようかんの薄切《うすぎ》りを蝶の形《かたち》にぬいて、寒天《かんてん》にうずめるのは？　これも安《やす》っぽい。ああ、何かいい案《あん》はないかしら。

あっ、南蛮菓子《なんばんがし》でできないかしら。江戸《えど》じゅうの評判《ひょうばん》になって……。そしたらおとっつあんだって、何もいえないわ。金沢丹後《かなざわたんご》のげん直しはこれっきゃない。うん、きめた。

南蛮菓子にするとなると、一平《いっぺい》に頼《たの》むしかありません。日本橋《にほんばし》に行って、一平を呼《よ》び出して相談《そうだん》しよう。

思い立つとぱっとすぐその気になるたまきは、早速《さっそく》出かけていきました。一平を泣《な》かしたことなんか、忘《わす》れていました。

日本橋の仕事場《しごとば》の入口《いりぐち》で、たまきがうろうろのぞいていると、職人《しょくにん》頭《がしら》が出てきました。

「あれ、広小路《ひろこうじ》のお嬢《じょう》さんじゃないすか。奥《おく》へどうぞ」

「あのう、うちの一平にちょっと用事《ようじ》が……」

「わかりやした。呼《よ》んできます」

一平《いっぺい》は中庭《なかにわ》で、鍋《なべ》の底《そこ》をじゃりじゃりやっていました。煤《すす》とりです。煤がついていると火のまわりが悪《わる》く、お菓子《かし》はよく焼《や》けません。煤とりは大事《だいじ》な仕事《しごと》でした。

一平は頬《ほお》に煤をつけて、出てきました。

「ねえ、あんたに頼《たの》みがあるんだけど」

一平は上目使《うわめづか》いにたまきを見ました。このお嬢《じょう》さんが出てくると、何か厄介《やっかい》がおこるのです。

「な、なんでしょう」

あ、疫病神《やくびょうがみ》が来たって顔してるわ。一平ったら、ふふっ、じつはその厄介を持《も》ってきたんだけどさ。

「ね、今度《こんど》。かなえがおさらい会に出るんだけど、その引出《ひきで》もののお菓子作りたいの。手伝《てつだ》ってくんない」

「……」

「蝶々《ちょうちょう》のお菓子《かし》」

「えっ、な、なんのお菓子？」

「蝶々」

「それって御法度《ごはっと》です」

「だから、ここでげん直しするの。いいお菓子作れば、蝶の汚名《おめい》もそそげるでしょ」

「あのう、蝶々って気味悪《きみわる》くないんですか。たべる気しない」

「え、なんで？　きれいじゃない。それにおめでたいのよ。かなえちゃんの踊《おど》りもね、めでたやな、めでたやなあっていう歌がついてるのよ」

「とにかく旦那《だんな》さまがいいっておっしゃんなくちゃできません。金沢丹《かなざわたん》後《ご》のきまりです。どうか、ごかんべんを」

「ふん、いいわよ。いいわよ。頼《たの》まない。あたいひとりで作る。でもやり方っくらい教えてくれてもいいでしょ。手出さないでいいから」

「こわいこといわないでください」

九、あめ細工の蝶《ちょう》

つぎの日、たまきはまた日本橋《にほんばし》に行きました。ほとんどかけ足でした。

「一平《いっぺい》、一平、おとっつあんの許《ゆる》しが出たわ。引出《ひきで》ものの菓子《かし》、作ってもいいって」

「へえ、じつは今朝《けさ》早く、旦那《だんな》が日本橋にいらしたんです。わざわざです」

「へえ、あのしとやっとわかったんだ。かなえの踊《おど》りもいいってわけね。おっかさん、やったわね。これで蝶々《ちょうちょう》のお菓子作れる」

「あのう……、でも旦那さまは蝶のことは何もおっしゃいませんでした。大体引出もんといやあまんじゅうだ。紅白《こうはく》一対《つい》で、焼印押《やきいんお》しゃあいいって」

「ええーっ、それじゃおとむらいのまんじゅうと同じじゃない。何考えてんだろ、あのしと。そんなんこさえたら、余計《よけい》のろわれて、金沢丹後《かなざわたんご》もおしまいよ」

「……」

「とにかく、蝶よ。踊りの題《だい》が『ふたつ蝶々』よ。だから、花に舞《ま》う二ひきの蝶」

「やはり、蝶っすか？」

「当然《とうぜん》でしょ。南蛮菓子《なんばんがし》でできない？」

「今、こちらでこさえてんのはカステラです」

「ああ、あたいたちも御馳走《ごちそう》になったわ。でもあのまんま出して、かっこうつかないわよ、ねえ」

「さあ。どこかのお屋敷《やしき》のお茶会に出たそうです。大変評判《たいへんひょうばん》だったと聞きやした」

「そりゃ、珍《めずら》しいからよ。二番はだめ」

「ようかんのカステラ巻《ま》きはどうでしょう。千代吉《ちよきち》あにさんが試作《しさく》しました」

「蝶《ちょう》は出ないの？」

「あのう……、蝶々《ちょうちょう》は考えないでいただけませんか。旦那《だんな》さまは蝶のことおっしゃいませんでした」

「そうはいかないのっ。踊《おど》りが『ふたつ蝶々』っていったでしょ」

一平《いっぺい》はだまってしまいました。

なによ、なによ。この根性《こんじょう》なし。いいわ。あたいひとりでやるっ。

すると、突然《とつぜん》一平が顔を上げました。

「あ、あれはどうでしょう」

「なに、なに、なによ」

「あめ細工です。摩利支天《まりしてん》の縁日《えんにち》に出ていました」

「あめ細工が？　あめでできるの？」

「へえ、つるとかうさぎなんか。だから蝶もできないもんかと」

「あたい、とにかく見てくる。あめ細工ってどの辺《へん》に出てた？　まだやってる？」

「やってるでしょう。あめ売りは石段《いしだん》の左っ側《かわ》です」

摩利支天《まりしてん》というのは、もともと印度《いんど》の神《かみ》さまです。戦国時代《せんごくじだい》には武《ぶ》術《じゅつ》の守《まも》り神《がみ》でした。それがその頃《ころ》は商家《しょうか》の信者《しんじゃ》がふえました。摩利支天はいのししに乗《の》っているので、それにちなんで、亥《い》の日には境内《けいだい》で縁日《えんにち》が開《ひら》かれていました。

「ほら、あそこです」

一平《いっぺい》がいいました。あめ売りは粋《いき》な柄《がら》のはんてんにたっつけの袴《はかま》でした。

真鍮《しんちゅう》だかなんだかの金属《きんぞく》の箱《はこ》にとろんと水あめが入っていて、それを一さじすくうと、

「あち、あちち、あちちち……ちょいちょいちょい」

ひねって頭を作り、はさみを入れて耳を作り、ちょっとのばして、つまんで四本の足を作りました。葦《あし》の茎《くき》にさして、ぷーっとふくらますと、

おなかがふっくらとふくらみました。

「なんか、わかっか？　そこのあんちゃん」

「ねこ」

「あれっ、目医者《めいしゃ》行った方がいいんじゃねえけ？　こんな耳の長いねこっているけ？　こいつは三日前の満月《まんげつ》の晩《ばん》、月から帰ってきたばっかのうさぎでえ」

あめ売りは客《きゃく》の注文《ちゅうもん》できつねやうま、つるなど作っていました。

「さ、おつぎ、何作る？」

「蝶々《ちょうちょう》」

たまきがのり出していいました。

「あいよ」

あめ売りは「ちょいちょい、ちょい、蝶々蝶々……」といいながら羽をひろげた蝶《ちょう》を作りました。

「ね、これ、やってみようよ、一平《いっぺい》」

「へえ」

「材料《ざいりょう》がいるわね」

「水あめじゃないっすか」

「もうちょっと硬《かた》いみたい。水あめって箸《はし》にくるくる巻《ま》いてくけど、だらーんとなるわ。あめ屋《や》のはちっと腰《こし》があった」

「煮《に》つめたんですよ」

「ね、ためしてみましょう」

「えっ、ためすって、どこでためすんです？　日本橋《にほんばし》の仕事場《しごとば》じゃ、勝手《かって》なことできやせんよ。広小路《ひろこうじ》だって同じこってしょう」

「あ、あるわよ。三枚橋《さんまいばし》の台所《だいどころ》」

「えっ、大旦那《おおだんな》さんがいらっしゃるじゃありませんか。こわあ」

「大丈夫《だいじょうぶ》。おじいちゃんはおとっつあんよか肝《きも》が太い。話だってわかるわ。そうだ。おじいちゃんを味方《みかた》にひっぱりこもう」

十、「金沢丹後《かなざわたんご》」に蝶《ちょう》が舞《ま》う

たまきと一平《いっぺい》は三枚橋《さんまいばし》の台所《だいどころ》で、こんろに火をおこし、水あめの鍋《なべ》をのせました。

「おっ、なにがはじまるんだ?」

隠居《いんきょ》がのぞき、何やかや口を出すのでした。

「あめか。有平糖《あるへいとう》つくってんのか?」

「違《ちが》う」

「一平《いっぺい》、そいつはしゃもじが力《ちから》がいるな。ま、あめがあったまると軽《かる》くいごく。そこで手ぇぬくな。あめはすぐこげる」

「おじいちゃん、ここせまいから、入ってこないで。何かあったら呼《よ》ぶからさ」

はじめ、三枚橋《さんまいばし》のおじいちゃんを味方《みかた》にひきこむつもりだったのに、こううるさいとちょっと用心がいりそうです。たまきは追《お》い払《はら》いますが、隠居《いんきょ》はすぐまた、

「どんな具合《ぐあい》だ?」

とやってくるのでした。

「うるさいなあ。追《お》っても追ってもやってくる蠅《はえ》だよ、ね」

たまきは顔をしかめました。

「お、一平、泡《あわ》があがってきたな。あくをすくえ」

もちろん、一平は手をぬくもんですか。ここまでは有平糖《あるへいとう》と同じです。ここで台にあけて、折《お》ったり、ひねったり、のばしたりしますが、蝶細《ちょうざい》工《く》はちょっと違《ちが》いました。

「うまくいきやすかねえ、おいら心配《しんぱい》っす」

「なにいってんのよ。あんた金沢丹後《かなざわたんご》じゃ、若手《わかて》の一番手でしょ。江戸《えど》の菓子職人《かししょくにん》の番付《ばんづ》けだったら、幕内《まくうち》でしょ」

「うふっ、たまき、おだてんじゃねえ。ま、ふたりでうまくやってくれ」

やっと隠居は奥《おく》に行ってくれました。

「あ、せいせいした。さ、やろう」

「へえ」

一平は一さじあめをすくい、指《ゆび》にとりました。

「あつう、あち、あち、あちちち……」

一平《いっぺい》はあわてて、指《ゆび》のあめを払《はら》い落《お》としました。一平の指は真赤《まっか》になっていました。

「一平、すぐ水につけなよ。大丈夫《だいじょうぶ》？　縁日《えんにち》のあめ売り、やけどしないのかしら」

「馴《な》れてるっす。有平糖《あるへいとう》の仕上《しあ》げん時だって、何人もやけどしてやすよ。ま、あめが手につかねえよう、取《と》り粉《こ》がほしいっす」

「取り粉ってなによ」

「へえ、餅《もち》つきだって、粉《こな》をふりながらついたりこねたりしやす。あめん時はくず粉《こ》か、かたくり粉でやしょう」

「いいわ。あたい店に行ってもらってくる。ここには多分ないと思う。あっても、おじいちゃん出てくっとうるさいもんね」

そうやって作ったあめの蝶《ちょう》は、あめ売りの細工より不様《ぶざま》で、たまきはがっかりして、肩《かた》を落《お》としました。行灯《あんどん》にあつまる蛾《が》のようだと思いましたが、たまきはだまっていました。

一平もたまきの落胆《らくたん》がわかり、だまって水あめをかきまわしていました。ぐんぐん煮《に》つまり、もうすこしで煙《けむり》があがりそうになりましたが、一平は気がつきません。

「あっ、こげるよ、一平」

一平ははっとして、鍋《なべ》の底《そこ》をかきまわし、そのしゃもじをすっと上げました。すると、しゃもじからしたたるあめが金色の糸になり、きらっと光りました。

「あ、その糸、なんなの?」

その頃《ころ》温度計《おんどけい》があったかどうか。多分あめは煮《に》つまって、百度《ひゃくど》をこえ、百五十度くらいになっていたのではないでしょうか。つまりあめが変化《へんか》していたのです。

「ね、この針金《はりがね》みたいな金色の糸で、蝶《ちょう》できない？　あたい、いつだったか水引《みずひき》で作った鶴《つる》を見たことあった。誰《だれ》かの嫁入《よめい》りの御祝儀《ごしゅうぎ》の袋《ふくろ》に飾《かざ》ってあった。このあめで、蝶があめたらきれいじゃない？」

「これ、かわくとぱりっと折《お》れちまいます」

「でも、やってみて」

たまきの気に入る黄金の雄蝶《おちょう》、雌蝶《めちょう》ができるまで、それから何日もかかりました。

でも、若《わか》いふたりはなんとか、黄金の蝶を作りあげたのです。

さて、いよいよ踊《おど》りのおさらい会でした。

かなえとおよしの舞《ま》い『ふたつ蝶々《ちょうちょう》』もみごとなできでしたが……。

評判《ひょうばん》はその時の引出《ひきで》ものの配《くば》り菓子《がし》でした。

杉《すぎ》の板《いた》で作った小箱《こばこ》をあけると、ようかんをカステラで巻《ま》いたお菓子の上に、羽をひろげた黄金の蝶がのっているのでした。

蝶の人気はそれだけではありません。

金沢丹後《かなざわたんご》の飾《かざ》り窓《まど》いっぱいに金色の蝶が舞《ま》って、見物《けんぶつ》の人もいつもいっぱい。

西原柳雨《にしはらりゅうう》という人のよんだ川柳に

「蝶の来て　舞うが金沢が見世《みせ》」

（「川柳江戸名物《えどめいぶつ》」）

というのがあります。

飾り窓の中の夢幻《むげん》の黄金蝶をよんだものか、その窓を見たさに、わいわいがやがや集《あつま》った江戸娘《むすめ》たちを見立てたものでしょうか。

金沢丹後ののろいというか、たたりの蝶も退散《たいさん》しました。

岩崎京子（いわさき　きょうこ）

1922年、東京都生まれ。日本児童文学者協会会員。『さぎ』で日本児童文学者協会新人賞を受賞。『鯉のいる村』（新日本出版社）で野間児童文芸賞、芸術選奨文部大臣賞受賞。「花咲か」（偕成社）で日本児童文学者協会賞を受賞。「建具職人の千太郎」（くもん出版）で赤い鳥文学賞を受賞。『びんぼう神とばけもの芝居』（文溪堂）、『花咲か―江戸の植木職人』、『久留米がすりのうた』、「街道茶屋百年ばなし」シリーズ（石風社）、『かさこじぞう』（ポプラ社）、『一九四一――黄色い蝶』（くもん出版）など作品多数。

佐藤道明（さとう　みちあき）

画家。

花のお江戸《えど》の蝶《ちょう》の舞《まい》

発行日　　2018 年 10 月 26 日　初版第一刷発行
著　者　　岩崎京子
装挿画　　佐藤道明
発行者　　佐相美佐枝
発行所　　株式会社てらいんく
〒 215-0007　神奈川県川崎市麻生区向原 3-14-7
TEL　044-953-1828　　FAX　044-959-1803
振替　00250-0-85472
印刷所　　モリモト印刷

ISBN978-4-86261-140-6　C8093

児童文学総合誌

ネバーランド

Vol.15

てらいんく編集部・編
A5 判並製・128 頁
定価：本体価格 1,000 円＋税
ISBN978-4-86261-130-7

～特集　岩崎京子～

特集は、『かさこじぞう』などで知られる児童文学作家・岩崎京子。

デビューから 50 年以上に渡り、精力的に創作に挑みつづけるその素顔に迫る！

書き下ろし創作、書きはじめの頃から次作の構想まで語ったインタビュー「岩崎京子氏、創作を語る」のほか、作品論、岩崎氏の執筆、文庫、俳句など、さまざまな分野で活動をともにした執筆陣によるエッセイを掲載。

●岩崎京子氏プロフィール

1922 年、東京生まれ。
1959 年、児童文学者協会新人賞受賞（短編「さぎ」）。
1963 年、講談社児童文学作品受賞（『シラサギ物語』）。
1970年、野間児童文芸賞、芸術選奨文部大臣賞受賞（『鯉のいる村』）。
1974 年、日本児童文学者協会賞受賞（『花咲か』）。
2009 年、横浜文学賞受賞。
2010 年、第 40 回赤い鳥文学賞受賞（『建具職人の千太郎』）。

★特集のほか、書き下ろしの童謡、詩、創作を掲載。